그녀들의 루즈는
소음기가 장착된 피스톨이다

# 그녀들의 루즈는
# 소음기가 장착된 피스톨이다

김윤배 시집

문학세계사

□ 시인의 말

오랫동안 심연이라는 말을 생각했다.

2022년 8월
시경재詩境齋에서 김 윤 배

□ 차례

# 1. 몽환의 파버카스텔

## 2. 배티 성지에는 사람의 길이 있다

## 3. 산사에서 흰 손가락을 보다

## 4. 천사와 그늘

# 1

## 몽환의 파버카스텔

# 새 떼는 강진 먼 바다로 진다

동백 숲 그늘을 찢고 날아오르는 새 떼들
그늘에 피가 밴다
찢기는 것이 생멸인 것을 알아 강진 먼 바다는
많은 시편의 그늘을 찢었다
그의 그늘이 붉은 이유다
붉은 해가 바람에 엎힌 바다를 불 지른다
하늘에 점점이 박힌 새 떼는 노란 무지개를 심고 있다

침묵의 필사가 강진을 무겁게 밀고 간다

그의 품에서 떨며
칠흑의 밤 허물어 진분홍 핏물로 아침이던
수줍은 날개 있었다

새 떼들이 강진 먼 바다로 급격하게 진다

영혼들의 그늘을 찢어 불후를 남긴
그를, 강진 먼 바다가 품는다

참담한 그늘이다

## 몽환의 파버카스텔

그의 낡은 구두를 네가 기억한다면 그는 어떤 어둠으로 너를 데리고 갔을까

네가 지나간 자리마다 실핏줄처럼 살아나는 고뇌의 흔적이 대지거나 바람이거나 늪지인 것을 알았다면 그는 어느 가슴에 낡은 구두를 걸어두고 싶었을까 그의 퀭한 눈빛과 솟아오른 광대뼈와 날카로운 턱선을 더듬어 나가다 잠시 멈추고 생각 깊던 네가, 흔들리는 불빛 너머 먼 산맥을 짚다 툭 부러지는 죽음을 알았다면, 너는 그의 영혼을 울어준 파버카스텔*이겠다

몽환의 파버카스텔, 미지의 심연이여

내 파버카스텔은 나의 흰 뼈다 흰 뼈가 내 낡아가는 시간을 읽고 구릉의 침묵을 읽고 여름 햇살 쟁쟁한 묘역을 읽었다 묘역에 남아있는 노래는 슬프지 않았다 흰 뼈는 호수의 물결이 바람을 닮아가는 걸 보았다 흰 뼈는 산맥을 태운 오래된 재였거나 무수한 등줄기를 몸속에 세워준 젊은 날의 고뇌다

날카로운 흰 뼈가 내 숨 멎은 하늘이다

* 고흐가 즐겨 사용하던 연필

## 의자의 명상

나는 무수한 혈통을 거느리던 폐족이다

나는 무저갱이었고 검은 파도였고 찬란하게 저무는
일몰의 능선이었다

나는 은밀한 거래였고 굴신의 비겁자였고 등을 보인
배반자였다

나는 권력이었고 권력의 하수인이었고 하수인의
망명지였다

나는 더러운 그늘이었고 더러운 과거였고 더러운
죽음이었다

백년 유언을 앉히던 날의 슬픔을 돌아본다

천년 사직을 버리던 날, 통한으로 무너져 내리던
변방의 성들을 끝내 잊지 못하겠다

나는 사람의 체온을 두려워하고 역사의 흐린 기록을

두려워한다

칼날 위의 춤은, 그렇게 미쳐 날뛰며

# 인턴 사원

원유의 유혹이 얼마나 달콤한지, 카스피해의 시추 현장은 그녀들을 설레게 하는 미지의 언어였다 시추선은 카스피해의 붉은 수평선을 거느리고 몇 달째 암석층을 뚫는 드릴 작업 중이었다

언제 원유가 솟구쳐 검은 욕망 오색으로 물들일지, 긴박한 호명은 수평선에서 지평선으로 이어졌다

그녀들은 아침 식탁에서 루즈를 꺼내든다 그녀들의 루즈는 소음기가 장착된 피스톨이다 잠시 휘청하는 사이 낙오의 대열에서 쓴잔을 드는 것이 그녀들의 서바이벌 룰이었다

우랄강은 아트라우*를 술 취하게 만들고 그녀들의 침실을 넘보기도 했다 지류가 침실로 흘러 불안한 도강이 가끔 있었다 그런 날은 식탁이 조지아산 포도주로 물들었다

시추선의 드릴은 그녀들 가슴을 지나치지 않았다 두려운 며칠이 지나고 시추선의 갑판이 익숙해지면서 가슴으로 드릴이 내려오는 깃이있다 그녀들 가슴에 뚫리 있는 시

추공에서 포도빛깔 절망 흘러넘치는 날 잦았다

　그녀들 중 누군가는 중앙아시아로 돌아올 것이다 우랄
강 붉게 흐르는 언덕에 서서 아침 식탁의 안개 웃음을 기
억하고 시추의 날들 돌아보게 될 것이지만 신도 그녀가 누
군지 모른다

　그녀들은 중앙아시아 석유 시추현장에 파견된 인턴
사원이었다

　*카스피해로 흘러드는 우랄강 하구의 석유 산업 전진기지

# 나무 십자가

나무 십자가 삐걱거리는 소리가 묘비를 일으켜 세운다
묘비명 한 행은 너무 멀고 가파르다

―*나는 아무것도 원하지 않는다. 나는 아무것도 두렵지 않다.
나는 자유다**

아무것도 원하지 않은 세상은, 세상이 그를 원해 삐걱거렸다
두렵지 않은 세상은 두렵지 않아 삐걱거렸다

크레타섬은 죽음 어디쯤에 있을 것이다

첫 문장의 전율은 시간이 가며 함께 낡아갔다
샐비어 술은 주점의 나무 계단을 흘러내렸다

나무 계단이 바다를 향해 무릎을 꺾고 있다

어둠은 바다와 잇닿아 있다
크레타섬의 어둠에 소문처럼 스며들게 해달라고 기도한다

밤의 에게해는 무드러운 섯가슴을 드러낸다

아직은 살아 있는 말들이 밤바다로 쏟아져 내린다

죽음은

밤에 피레에프스항을 출항해서 밤에 크레타섬의
이라클리오항에 닿는다


* 니코스 카잔차키스의 묘비명

# 모노크롬의 언어들

캔버스를 단색의 네모들로 채운다

사방으로 닫히고 열리는 네모는 세상의 환유다
네모 안에 네모를, 네모 밖에 네모를 세워
무한 지평을 열어간다

세상은 온갖 색들로 연옥이었고 출구는 없었다

색을 찾아 헤매는 동안 화폭 가득하던 말들은 죽어갔다
캔버스는 공허해지고 세상은 어둡고 차가웠다

산다는 게 얼마나 단순한 건지 깨닫지 못했던 날들은
시간 속으로 스며들었다

캔버스를 고령토로 채우게 된 것은 우연이다

우연은 고통스런 사유의 인대였다

고령토를 말려 균열을 만들고 균열 위에 물감을 바르
고 바른 다음 떼어내고 하는 지루한 반복\*은 생의 위험한

실현이다

그렇게 실현된 생은, 모노크롬의 언어를 얻고 버려진다


* 정상화 화백의 작업

## 몰락에 대한 경배

죽음의 예측을 빗나가 그는 살아 있었다

쇠막대가 관통한 두개골의 뼈를 수습하는 수술은 혼미였다

그는 작업장으로 되돌아왔다

전두엽이 사라진 그는 넉 달 전의 그가 아니었다

그는 시한폭탄처럼 불길하고 악의에 차 있었다

들고 다니는 쇠막대는 기적의 징표며 몰락하는 독단이었다

관통당한 두개골이 밥이었고 거처였다

그는 사라진 전두엽을 찾지 못하고 간질 발작을 앓았다

그가 발작을 시작하면 우주의 운행 질서가 파괴되고
어둠이 세상을 닫았다

굴삭기도 그를 두려워했고 그에 대한 저주를 신이 들었다

그가 죽자 두개골과 쇠막대는 해부학 박물관에 전시되었다

전두엽 없는 시대의 몰락을 경배하는 영혼 있다

# 거식증을 앓는 산맥

나무들이 뿌리의 노역을 잃어버린 계절은 나이테가 보이지 않았다
호수는 격류를 뿌리치고 오래된 이끼를 보였다

거식증을 앓기 시작하기 전, 숲에서 마지막 부른 노래가 '우리 앞의 생이 끝나갈 때'*였다 나무처럼 서고 싶었던, 나무처럼 강직하고 싶었던, 나무처럼 묵묵하고 싶었던 노래는 지금도 그 숲에 흐르고 있다

호수 같은 눈동자를 갖고 싶었던 너를 위해 백두대간 하나쯤 얻고 싶었다 호수가 마르며 목숨 근처에 사막이 보인다고 울먹이던 너를 기억한다 너의 거식증으로 우리 앞의 생은 언제나 쓸쓸했다

거식증을 앓는 산맥은 앙상하다

묘원은 산허리를 가까이 부르고 있어 너의 사계가 황량하지는 않겠다고 생각했다 붉은 흙이 잠시 열리고 닫히는 순간이 한 생이었다 기억은 슬프거나 아득해서 발인의 무거운 아침이 떠오르지 않는다

너는 지금도 사람의 숲을 흐르며, 흐르며


*'무한궤도'의 노래

# 질문


절하는 목조 해골*을 보는 순간
눈물이 핑 돌았다


내 굴신의 생이 아팠다


회화나무의 목질이 매끄럽게 드러나 있는 해골은
뼈마디 하나에 수백 번의 칼날이 드나들었을
서늘한 공간을 질문으로 채우고 있다


질문은 뼈들을 움직이게 하는 힘이다


해골의 어두운 구멍마다 숨겨 두었던
질문이 목조 해골을 오랜 회원에 들게 한다


희고 환한 뼈들이 물속 같은 세상을 건너온다
살아 있는 뼈들은 근육의 힘을 버린 후에나 지하궁전을
찾을 수 있다
흰 뼈들은 질문으로 환생을 꿈꾼다


목조 해골은 아직도 머리를 들지 않는가

질문은 더 무거워진다

어떤 명운 앞에 뼈마디들을 풀어놓을지


*화가 전준호의 개인전 〈그의 거처다〉가 2014. 8. 29 - 9. 28
 '갤러리 현대'에서 열렸다.

# 유빈가든

1
장재동길 53-11*은 노부부가 함께 죽음을 견딘 침묵의
지번이다

그는 파꽃 지천인 장재울이 싫어 황토에 마음을 밀어
넣었을 것이다
시편마다 황토색 입히던 그가 입안 가득 황토를 물었다
그 후 노부부의 눈동자를 황토로 덮었다

대문 없는 낡은 마당 집은 누군가의 체온이 남아 있다

그 애는 엉겅퀴 꽃을 좋아하나 봐요 무덤이 온통 엉겅퀴
꽃이었어요
녀석의 한이겠지, 정강이 뼛속으로 황토 흙물 드는
소리 들었소
그 애 뼈마디들도 이 집만큼이나 낡았겠지요
녀석의 피고름 삼천 사발**을 생각하면 목이 메이오

죽음 같은 고요가 마당에 쌓인다

2

오빠야가 여기, 마둔 호수 옆에 별장 한닥꼬 집 지어놓
고는 내더러 살라꼬 하는 바람에 이 '유빈'을 개업한 기라
예, 유빈은 이년의 이름이니더 경상도 가시내지만 지는 음
식 하나 자신 있십니더 어데예, 모르니더, '유빈' 입구 묘소
가 누구라예? 아, 임홍재…… 그리 유명한 시인입니꺼? 그
런데 아무도 찾는 이가 없십디더 벌초를 누가 하던 등 묘
가 있나 보다 하고 무심히 지나쳤으니 내는 모르지예 이제
시인의 묘인지 알았으니 절기 따라 술 한 잔 올려야 하지
않겠능교

물 내가 창을 넘어와 술잔에 고이고, 이어 산그늘이다

* 임홍재의 생가
** 임홍재의 「유년幼年의 강江」

30

# 조로아스터의 제물

*

제물은 헌정의 순간에 뒤바뀌어 소녀의 교복이 불의
제단에 올랐다

교복은 소녀의 보이지 않는 몸이었다
할매는 불의 신전으로 뛰어들었다
할매는 교복을 제단에서 황급히 내려 불의 신전을 떠났다

소녀는 신전의 불기둥을 돌아 조로아스터에게로 달려갔다
할매가 누워 있어야 할 제단은 비어 있었다
조로아스터는 소녀를 제물로 받았다
소녀의 몸이 주황색으로 투명해졌다
안과 밖을 나누던 벽체가 숯이 된 소녀의 몸을 숨겨주었다

*

봄이 그을린 대지를 느릿느릿 오고 있다

교복 입은 소녀가 봄을 맞으러 물소리를 건너고 있다

소녀의 그림지기 물 속에 없다

# 붉은, 검은 그리고 붉은

붉었던 시간이 있다 그때마다 종이학을 접었다 종이학
은 밤마다 날아올라 하늘을 덮었다 붉은 웃음소리가 들렸
다 나는 붉은 그림자였다 그림자를 벗고 밖으로 나갔다 그
림자는 검게 변했다 내가 떠나자 더 검어졌다

몽유거나 발광이었다 거대한 묘비들은 침묵의 도시를
만들고 유령들은 밤을 기다린다 밤은 낮은 북소리처럼 죽
은 자들의 비어 있는 뼈를 울며 온다 어둠보다 낮은 노래
가 도시의 문을 두드린다 지하철이 어둠 속에서 어둠 속
으로 질주한다 도시는 새벽과 밤이, 남자와 여자가, 시작
과 끝이 뫼비우스의 띠로 이어져 있다 나는 뫼비우스의
띠 위에 있다

흙이고 물이다, 붉거나 검거나*

고뇌의 마지막은 붉은 혼돈이다 붉은 지평선의 성근
페인팅에 마음을 던진다 붉은 하늘과 붉은 대지를 구분
짓는 흰 여백은 영혼의 계단이다 생성이며 소멸이고 생
명이며 죽음인 마지막 붉은 화폭, 누구도 쉬이 떠나지
못한다 나는 가슴을 뜯다 돌아서고 다시 가슴을 뜯는다

붉은 하늘에, 붉은 대지에 검은 피가 번진다


 * 화가 마크 로스코는 마지막 레드 작품 〈피로 그린 그림〉 완성
   후에 손목을 그어 자살했다.

# 죄가 아름다운 이유

상처는 그늘을 만나 깊어진다 배티는 그늘의 깊이만
큼 사람의 뼈를 익힌다 상처로 붉고 투명한 몸을 가질 수
없었던 사람의 뼈가 배티의 바람을 호수로 풀어 보낸다
그 후는 서원의 날들이다

상처 입은 산딸기는 상처가 죄고 낙과가 죄였다 사람의
뼈는 흘려보낸 시간들이 죄고 살고 싶다는 눈빛이 죄였다
뼈들이 이곳으로 오기까지 한 곳만을 우러러보지 않았다
그 죄로 뼈를 내놓았다 죄가 아름다운 이유였다

산딸기를 찾기 위해 배티에 다시 오지 않을 것이다 산
딸기 뿌리들이 물고 있는 순교의 뼈들이 성모에게로 가기
위해 산그늘 내려서는 배티는 바람, 바람의 성지다

성지를 영원이게 하는 저 기원의, 참회의

## 고성에 울음 비끼다

카메라는 아이슬란드의 이름 모를 계곡을 비추고 있다

계곡은 깊고 물은 빠르게 바위를 건너뛴다

리포터는 말을 더듬는다

이곳이 간음한 여자를…… 열아홉 명이나 수장형으로…… 그렇게 젊은 여자들의 목숨을 빼앗은 계곡입니다 목숨과 바꾼 사랑은 얼마나 아름다웠을까요? 시신은 누가 거두었을까요? 정부도 남편도 아니었습니다 독수리였습니다 열아홉 번의 수장형을 모두 기억하는 독수리는 지금 어느 하늘을 날아오르고 있을까요? 간음은 사랑의 다른 형식일 뿐인데 잔인한 수법으로 복수했습니다 목숨을 건 사랑이 가슴을 치고 나가는 현장이었습니다

핏빛으로 변하는 계곡의 물은 죽은 여자들의 이름을 물에 새긴다

저녁 노을이 고성을 분홍색으로 비낀다

통곡이 무너지는 고성 위로

# 함정

거미는 언제나 단문이다

한 가닥의 말로 하늘을 나누고 빛을 묶는다 거미의 단
순한 함정에 바람이 먼저 빠져 허우적댄다 바람은 거미의
함정이 한 가닥 실로 만들어진 것에 더 자책한다 격자무늬
함정은 바람의 생멸을 담는다

격자무늬 함정에 새벽이슬이 걸렸다 이슬은 맑고 투명
한 자신의 몸 안으로 거미의 말들을 담는다 이슬은 격자무
늬 함정을 몇 겹으로 모은다 이슬방울 속으로 산이 들어와
앉고 구름 흐른다

사람마다 거미를 사육한다 함정은 더 깊고 위험하다

그는 언제나 복문이다 여러 가닥의 말로 세상을 나누고
빛을 흩는다 그의 함정은 복잡다단이다 복문은 자살한 보스
의 단순한 선택에 질렸던 그의 트라우마다 복문의 함정에
그가 빠지기도 하고 충복들이 빠지기도 한다

한 시대가 빠져 허우적거릴지 모른다 시대는 함정을

만들기도 하고 함정에 빠지기도 한다 시대가 함정일 때 거미는 두렵다 단순한 말이 복잡해지고 격자무늬 함정의 실 끝을 말아버릴지 모르기 때문이다

　바람은 함정을 멀리 돌아가며 미몽의 어리석은 것들을 비웃는다

　거미는 단문인 자신의 함정에 빠져 느릿느릿 파란 하늘 지우는 중이다

# 시인들의 무덤

오후 여섯 시에 시작되는 술자리는 여덟 시 이전에
끝난다

빠르게 마시고 빠르게 취한다
노년의 시인들 몇이 모이는 사당동 사리원* 풍경이다

널따란 창으로 보이는 산동네는 언제나 황혼이다
대화는 자주 끊기지만 시인들은 세속적이고 도도하다

표정으로 알지요 애매하면 시에 힘 빠졌다는 얘기로
알아야겠죠

표정은 수시로 바뀌고 시의 힘은 서서히 서쪽으로 기운다

지난겨울에 또 하나의 무덤을 지은 시인은 볼이 붉어진다
무덤 하나쯤 더 지을 수 있을지, 시의 힘을 사리원에서
확인한다

수십 채의 무덤을 짓고 싶은 시인들은 매일 밤 부장품을
매만진다

이미 여러 채의 무덤을 지었으니 언제 무덤에 들어도
아쉬움은 없을 시인들이다
시집이 무덤이므로 유언은 남기지 않는 것이 예의다

무덤은 언제나 산 자들의 몫이어서

놀랍고 신비한 영혼의 거처이니


*사당동에 있는 음식점에서 한 달에 한 번 황동규, 김명인, 홍신
  선, 김윤배 시인과 이숭원, 하응백 평론가가 만난다.

# 아버지의 이름으로*

\*

감방에 아들과 함께 수용됐던 아버지가 죽었다
테러리스트로 체포된 두 사람은 무기수였다
아들은 아버지에게 불면이고 술이었다
진범이 체포되어 자백했지만 두 사람은 감옥살이를
계속했다
죄수들은 아버지의 죽음을 세상에 알리고 싶었다
쇠창살 사이로 불붙인 종이를 떨어뜨려 횃불을 만들었다
감방의 창마다 불덩이가 떨어져 내렸다

\*

백만의 수형인들이 움직인다
불덩이를 떨어뜨리며 움직인다
검은 독방이 움직인다
서로 어깨를 부비며 움직인다
불덩이를 나누며 불덩이를 키우며 움직인다
광장과 거리가 움직인다
세상이 움직인다

슬픔이 움직인다

환희가 움직인다

움직이지 않는 것만 움직이지 않는다

무엇이 움직이지 않는 것이었는지 훗날

* 1994년에 개봉된 짐 쉐리단 감독 작품

# 칼끝의 심연

작업대 앞의 붉은 얼굴은 잠시 눈을 감는다

칼끝으로 빛을 모은다

칼날이 지나간 자리에 칼날은 다시 오지 않는다

베어진 자리를 헤집어 마지막 침묵을 찌르는 것은 칼끝의 심연이다

칼끝의 심연에는 서슬 푸른 칼의 문장이 있다

칼의 문장 하나하나가 선고다

선고는 심장 깊숙이 박힌다

심장에 박힌 문장은 바코드로 읽히는 생애의 비명이다

분리된 뼈는 눈부시게 하얗다 뼈의 틈으로 햇빛이 내려 쌓인다

살의 고통으로 힘줄이 일어서고 힘줄은 낮은 하늘을
당겨놓는다

미친 듯 넘어 박히는 하늘, 감당할 수 없는 비명이다

칼끝의 심연이 뼈와 살의 묵계를 마지막으로 긋는다

# 2

## 배티 성지에는 사람의 길이 있다

# 도도의 정원

그녀가 구절초꽃 무덤을 전송해왔다

내년에도 구절초꽃을 보게 해달라는 묵시였다 산수유 다녀가고 영산홍 지천이면 말랐던 샘이 돌아온다 그 후 작약과 모란이 꽃그늘을 샘물에 담그고 소쩍새 울음이 산자락을 적신다 그녀는 능소화가 한여름을 건널 때까지, 산정을 건너는 바람의 방향이 몇 번씩 바뀌는 모습을 보게 될 것이다 그때쯤 도도가 돌아올지도 모른다

마가목 열매가 붉어지기 시작하면 구절초꽃은 보랏빛 하늘을 펼칠 것이지만 내년은 멀어서 막막하지 않은가 샘물이 돌아가고 다시 돌아오고 모란꽃잎이 두 번이나 절명의 깊이를 짚고 나서 구절초의 계절이니 내년으로 시작되는 서간은 밤에 더 저리다

도도는 구절초꽃 핀 정원을 잊고, 어둔 길에서 발소리에 숨은 야생의 다른 체온을 겨냥할 것이다

# 배티 성지에는 사람의 길이 있다

너는 창가의 작은 의자마다 앉아 있는 햇빛 사이에 무릎을 모았다

길이 될 묵상을 햇빛에 헌정한다 창 앞에 펼쳐진 차령의 능선은 이깔나무 숲으로 흐려져 가까이 온 봄을 예감한다 본당 앞 성모상, 실눈을 떠 능선에 쏟아지는 햇빛 본다

배티 성지에는 사람의 길이 있다

무명 순교자의 묘역으로 가는 길은 가파르고 무겁다 고난의 길에서 열네 번 통곡한다 통곡 후에 성자의 상처가 깊이 새겨질 것이지만 길은 묵상보다 생각이 깊다

길을 접으면 사라진 발걸음 돌아와 통곡 위에 놓인다

# 일상, 그 깊은 슬픔

네가 좋아하던 한련화를 심었다 실타래 같은 뿌리를
조심스럽게 앉혔다 뿌리를 앉히며 하늘을 보았다 푸른
하늘에 물기가 번졌다

흔들의자가 비어 있다 흔들의자에서 보이는 소나무
숲이 고요하다 소나무 숲 뒤로 호수가 비어 있다 호수는
서산을 넘으려다 멈추었다 깊이를 버린 물빛이 흐리다
물빛은 마음을 닮았다

생두를 볶았다 마음을 볶는 일이었다 마음은 두 번의
팝핑 후에 껍질을 벗었다 언약은 숙성 기간을 지나며
조금씩 향기를 버린다는 걸 알았다 조금씩이라는 말의
두려움을 생각했다 미사포가 조금씩 낡아갔다

세상 모든 사물이 은유인 걸 깨달았을 때, 너는 누구
의 은유였는지 짐작되지 않았다 사거리에서의 투신이 무
얼 상징하는지 알 수 없었다 짐승 울음이었다는 풍문은
질기고 어지러웠다

간극을 힘겹게 건너던 실내화에는 네, 작은 발의 체온

이 남아 있다 언젠가는 한련화 피는 날 볼 수 있을 거라는
묵비의 눈빛이다

# 비내섬

급류 휘돌아나가며 내려놓은 작은 섬,
비내를 감싸고 흐르는 강물을 오래도록 보았다

저 강은 비내섬이 건너지 못하는 빠른 생애라고 말하는
사이
어둠이 너를 안았다 너는 비내섬의 갈대였다

강심까지의 거리는 달빛만큼 차고 멀다

산맥이 등뼈를 드러내며 달빛 속으로 들었을 때
어둠과 강물은 서로 부르지 않았다

네게는 배반을, 내게는 소멸을 일깨우는 강이었으니
저 강은 어두워지는 울음이다

어둔 산맥이 어둔 강물로 무너져내린다

소멸은 저처럼 소리 없이 온다

비내섬,

소멸로 드는 마음이고 흔적이며
생리혈 흘러가는 아픈 착지다

## 꽃잎

배꼽은 최초의 상실을 기록한 육신의 틈이다

여자는 그 틈에 하얀 손가락을 넣어본다

여자에게 낯선 지점은 죄악이다

도달할 수 없는 몸의 틈은 슬픔이다

여자는 틈마다 길들이 모여들고 흩어지는 몇 해를 보냈다

여자는 몸이 숨기고 있는 모든 틈을 읽으려 애쓴다

몸의 틈은 생애의 진행 방향이다

지열이 식으며 꽃잎이 흩어진다

# 선착장 골목

만월, 실핏줄이 번진다

바다가 선착장으로 밀려왔다 멀리서 뒤집히던 파도는 선착장에 이르러 침묵으로 바뀐다 차귀도가 침묵의 말들로 어두워질 때 밤안개가 섬을 지우고 있었다 침묵의 섬 차귀도는 바람 앞에 늘 흔들렸다 흔들리던 날들이 절벽의 검은 숲이었다

고산에서 길의 끝을 만난 것은 차귀도의 침묵 때문이다 침묵은 먼 바다를 밀고 오는 너울이었다 깊어 멀미나고 무거워 두려웠으니, 나는 고산의 바람과 산다 선착장 골목의 오래된 집은 바람으로 지어졌다 바람의 집을 달빛이 채우는 날은 바다가 깊은 소리로 운다

내 몽유의 생애, 선착장 골목을 찾아든다

눈


철원평야, 검은 머리 독수리 떼가 들고양이 사체를
파먹고 있다

검은머리독수리 떼가 먹어치우는 것은 죽은 상징들이
다 살아 있는 상징은 부리 밖에 둔다 검은머리독수리 떼가
날아오른다 겨울 하늘을 거대한 날개로 뒤덮으며 선회하
는 것은 두려움을 숨기기 위한 기만술책이다

검은 날개와 날카로운 부리와 예리한 발톱은 현학이거
나 저급한 은유일 뿐, 죽은 상징을 포식하며 살아온 검은
머리독수리는 날개를 펴는 일이 수치며 먹이를 쪼는 일이
치욕이다

검은머리독수리 떼는 사체의 눈을 파던 부리로 겨울
하늘을 물고 흔든다

추문이 쏟아져 내린다

# 마지막 한 잎

찻잎이 투명한 색깔을 버리는 계절이 되면 가지들을 베어낸다

베어낸 그루터기에 찻잎 한 장을 남긴다 그루터기는 남아 있는 찻잎 한 장을 위해 혼신으로 햇빛을 모으고 바람을 부른다

순간순간 고사枯死의 유혹으로 흔들리는 그루터기를 깨워 새순을 밀어 올린 찻잎 한 장은 새순이 새 가지에 이르기 전, 그루터기를 떠난다 결연한 생명력이다

결연한 생명력은 시와 혁명 사이에도 있다

비전향은 죄였다 사무치는 감동이 있어서 비전향이 아니다 절대의 가치가 있어서 비전향이 아니다 전향하고 싶으나 전향되지 않는 문장으로 비전향이다

젊은 날의 영혼이 한 번 기운 것으로, 목숨을 저울질할 수 없는 편향으로, 마지막 한 잎의 목숨을 버리고 싶은

## 찰나와 영겁

악수한다 짧은 순간 체온이 건너온다 체온은 곧 사라지고 손아귀 힘이 남는다 힘은 오래 기억된다 힘에는 근육과 뼈로 버텨 온 생의 방향이 있다 방향은 꽃이고 무덤이다 체온과 힘 사이에 사람이 있다

텅 빈 객석을 응시하고 있는 그녀의 몸은 식지 않고 있다 객석에는 폭소와 흐느낌과 커튼콜이 있다 그녀는 외설과 예술의 경계를 회의하지 않고 벗었다 객석의 남자는 그녀가 몰입하는 순간부터 자위를 시작했다 몰입과 자위 사이에 울음이 있다

노파의 얼굴에 젊은 손이 닿는다 부신 듯 눈을 감는다 깊은 주름들이 살아난다 젊은 손은 주름의 먼 여정을 더듬는다 눈물이 흐른다 입술에 머문 손이 떨린다 손과 눈물 사이에 대지가 있다

찰나와 영겁 사이에 생멸이

# 수거되는 기억들

'다사요'는 기억을 수거해가는 일인 회사다 오래된 책들의 낡은 지식과 시집 원고들의 진부해진 의미, 신지 않는 구두들의 뒤엉킨 길과 입지 않는 옷가지들의 포즈, 쓰지 않는 모자들의 바람기가 수거 대상이다 버려야 할 기억들은 지천이다

건장한 사내가 몇 시간을 실어 내간 기억의 흔적들은 가볍고 저렴했다

기억에 대한 자책은 칼날이다 기억은 조악한 문양처럼 어긋나거나 흐려져 있다 기억은 칼날이 긋고 지나간 칼집이다 어느 칼집을 열어도 기억은 흐린 눈동자를 굴리고 있어 아리고 추했다 칼집은 나를 향한 질책이다 기억은 시간을 건너며 상처를 헤집는다

## 서간을 읽을수 없는 봄날

아침 강물은 유배지의 숲이다 수백만 개의 화살들이
강물로 쏟아진다 강 안개는 깊고 먼 무기수의 눈빛이다
산색 멀리 껴안고 밤을 보낸 강 안개, 수면은 고요하여 산
맥을 부르기도 하고 꽃비를 부르기도 한다 미립의 바람은
상심과 분노를 강물에 얹는다

서간의 문맥이 유속에 젖기는 계절을 견디지 못했다
절망이 어디까지 흘러 강물 멈추어 서게 할지, 더럽혀진
계절은 어디쯤서 흐름을 멈추고 새로운 계절을 강물에 얹
을지, 꽃비 젖고 있는 사람은, 강물 머문 듯 흐르는 사람
은, 사람으로 아프고 사람으로 낙화의 길에 선다 낙화가
사초史草의 길이었으니

서간, 흩날리는 봄날은

## 착란의 이미지

나는 착란의 이미지로 생을 탕진한다

그 자리에 네가 서 있다면, 별자리 따라와 새벽이겠다 새벽은 통증이 사라지는 붉은 밤의 마지막 비탄이다 마지막이라는 말은 뒤에 다른 죽음이 느린 걸음으로 온다는 의미겠다

그 자리에 내가 서 있다면, 가슴 날이 사라지고 가슴보다 먼저 말로 펼친 찬란한 날들 사라지겠다 새벽 이후는 유기의 시간이어서 무엇이나 흔적 없이 사라지겠다

너를 번민하던 날들은 저주였으니

# 슬픔은 피를 머금고 있다

한 영혼을 오래 지켜줄 수 있을까

계단은 슬픔의 시작이다

찻집은 늘 고요하다

소리 없이 주문을 받고 소리 없이 찻잔이 놓인다

찻잔 너머 이깔나무 계곡은 무성한 침묵이다

고요를 보면 고요가, 침묵을 보면 침묵이 슬프다

슬픔은 몸의 부드러운 곳을 맴돌다 터져나간다

슬픔은 피를 머금고 있다

# 언젠가는 베링해협을 향해 날아오를

날개는 멈추지 않는다

마음이 움직여 간다는 것은 날개로 바람의 골짜기를
건너는 일이다
미명의 붉은 산맥을 넘거나 검푸른 침엽수림을 건너는
것은 날개의 미몽이다

이승에서 저승까지라면 그 동행은 멀미난다

다시 부딪치고 싶지 않은 날개라면 오래 난 날개여서
서로의 날개에 문양을 남겼다 그게 전부다

그 낡은 문양으로 연민의 시간을 날아 붉은 강을 건넜다

미혹의 순간이 두려웠다면 날아오르지 않았을 황제
나비였다
황제나비는 붉은 강 몇 번을 건너 박제로 쉬고 있다

언젠가는 베링해협을 향해 날아오를

# 노각나무의 백년

노각나무 꽃잎 이울며 작은 세상 하나를 숨겨 놓았다면

그 작은 세상 하나를 기다려 백년이다

노각나무 씨앗이 숨겨 놓은 세상의 무게여서 백년이다

노각나무 잠시 앉았다 날아간 곤줄박이새의 영혼이어서 백년이다

호수의 물빛 돌아오고 백년이다

물빛 속에 산맥 잠기고 백년이다

노각나무는 그 자리에서 백년이다

초여름 건너지 못하는 꽃잎들, 아름다운 순장 백년이다

꽃잎 이우는 시간은 백년을 기다려 핏빛 노을이다

# 아, 이 풍경

청바지에 파마머리를 한 중년의 신인이 연단으로 나왔다
한동안 발등을 내려다보던 그가 수상 소감을 시작했다

지는 전라도 구례에서 올라왔지라 너무 늦은 나이기는
헌디 잡지사에서 전화 왔을 제 대상 아니면 수상 안 헌다
고 거절헛는디 자꾸 받으라 해싸서 받기는 하지만서두 껄
쩍지근 헙니다 대상으로 당당히 얼굴 내밀고 싶었는디, 오
기지라우 오기지만 지 시는 치매 앓던 아버지의 똥 칠갑
방에서 쓰여졌지라우 아버지는 8년을 치매 앓다 돌아가셨
지라 지금도 그 방에서는 똥내가 나는디 아버지 냄새라 내
시에 배어들어서 내 시는 똥 시지라

중년의 신인은 잠시 목이 메이는 듯 했다

아버지가 똥으로 난을 치시던 방으로 돌아가서 거시기
하게 써야겠구만요 이왕지사 시판에 나왔응께 아버지가
지 시를 읽으시고 빙그레 웃는 모습 보능 게 소원이었지라

군복차림의 늠름한 청년이 중년 신인을 향해 촉촉하게
웃고 있다

# 꽃뱀

선운사 입구 동백꽃 그늘 깊다

꽃그늘에 걸려 넘어져 들어간 동백 숲이다
차가운 꽃그늘에 먼저 온 꽃뱀 마주쳤다
놀라 더 작아진 까만 눈으로
말끄러미 날 본다
스르르 돌아서며 내개 던진 말이
명주실 같은 혀의 몸서리쳐지는 찰나!
찰나 라는 말이 싫었다
너는 찰나였으나 내게는 몇 년의 저주였다
귓속을 파고드는 차고 매끄러운 몸의 말들이었다
체온의 등고선을 숨기던 밤이 갔다
뒤엉켜 있던 몸을 풀고 스르르 미끄러지던 너는
정신병원 뒤뜰에서 동백, 결연한 낙화를 본다 했다

나는 한 번 더 몸서리치며 동백 숲을 건넌다

물컹하고 매끄럽고 찬 몸을 찰나라고 말하던 너

서로의 몸으로 똬리 틀었던 날들이 틀렸다는 걸 깨달았을 때

# 니제르강 어딘가에서 해가 진다

니제르강 어딘가에서 해가 진다

사하라는 니제르강의 저주였거나 망각이었다 사하라
의 암염을 뜰 수 있다면 생의 오지 어디든 가야 했다 노
구의 뼈들은 조금씩 어긋나 있다 구름 위에서 하루를 살
았을 때 오른쪽 다리에 마비가 왔다 그때마다 암염을 생
각했다 암염이 사하라를 얻고 사하라가 북아프리카의
생육을 얻었을 것이다

낙타의 등에 붉은 해를 얹고 마른 땀을 사막의 어둠에
깔아나간다 사하라의 소금사막을 건너는 일은 마음속 불
타는 오지를 건너는 일이다 희고 두려운 빛깔의 소금사막,
숨 막히는 폭염이 끝나면 어스름 달빛이다 욕망이 식으며
몸속에 분화구가 나타나고 분화구에서 뜨거운 생각들이
넘쳐흘러 암염으로 굳는 밤이다

암염의 길에 나서지 않은 죽음들은 사원의 그늘에 영혼
을 내려놓지 못한다 어느 부족의 노래도 니제르에 이르러
묵음의 장송곡으로 바뀐다 유속 느려지며 살아나는 강안
풍경은 모래 바다다 사하라는 낙타 능에서 암염이 녹지 못

하는, 그리하여 밤낮으로 새로운 사구를 낳는다 끝내 퉁북
투*에 이르지 못하면 사람의 뼈를 사하라에 남겨 약대들의
이정표로 삼아야 한다

니제르 먼 강물 소리, 뼈를 열어 듣는다


* 서아프리카 말리공화국의 니제르강가의 도시로 사하라의 사막
  소금의 교역이 이루어지는 곳

# 3
## 산사에서 흰 손가락을 보다

## 아야진항의 동화

붉은부리갈매기 한 마리 저무는 바다를 물고 날아오른다

창 가득 넘치던 술잔, 깊어져 생의 바닥을 어른거렸다

주모는 울진이 강원도였던 거 아느냐고 물었다 대답
대신 술잔을 건넸다 주모는 쪽 소리 나게 술잔을 빨았
다 찾아주는 단골 있어 아파도 자리 지킨다고, 매운탕
끓었는데 상에 올려도 되느냐고 물었다 대답 대신 술
잔을 건넸다 주모는 쪽 소리 나게 술잔을 빨았다 몸속
으로 바닷바람 들어 밤이면 뼈마디마다 파도 소리라고,
매운탕 상에 올려도 되느냐고 다시 물었다 대답 대신
술잔을 건넸다

바다가 쏟아질 것처럼 붉어진다

# 시인과 살모사

　건축허가서를 군청에 제출하면서부터 시인의 꿈은 허
둥대기 시작했다 산그늘이 느리게 젖은 몸을 타고 넘었다
건축 현장 진입로의 사유지 세 평, 토지주의 사용동의서는
암초였다 토지주는 노년의 택시기사였다

　시인은 산속에서 침낭으로 숱한 밤을 보냈다 별들이 쏟
아져 내렸다 그런 밤에는 뱀 꿈이었다 뱀은 똬리를 틀었거
나 갈색 대가리를 들고 있었다 가까스로 통화가 되면 노년
의 허가 뱀의 갈라진 혀처럼 길어져 수화기를 건너왔다

　노년의 땅 세 평 물려 있는 밭, 백여 평은 시가의 몇 배
였다 노년의 노회한 음모를 늦게 눈치챘다 시인은 영월
깊은 산속에서 검은 하늘을 향해 못된 늙은이, 사람 일 년
가지고 노니 재밌냐 재밌어? 소리쳤다

　시인은 살모사 네 마리를 잡아 독에 넣어두었다 뚜껑을
열면 살모사 대가리가 독 변죽에 올라와 있기도 했다 너희
들 빼갈에 넣어주랴? 쐬주에 넣어주랴? 살모사는 여자의
발뒤꿈치를 두려워했다 쉿쉿 소리가 들리는 밤이었다

# 객지

황간역 소쩍새 울음은 무궁화호를 잡아놓는다

간이역은 객지 사람들에게 위안이었다

광장 구석에서 신발을 털다 무심코 올려다본
경동택배 간판에 한나절이 얹힌다
내, 낡은 신발이 택배로 보내지는 날 올 거고
검은 정강이의 상흔을 울며 수취할 아내는 늙었다

광장이 눈꺼풀을 내리는 사이 신발 끈을 묶는다
하행 무궁화호 열차는 오후 1시 51분이다

하행은 죄를 묻지 않는 편도다

객지라고 다 서러운 건 아니다

생각난 듯 생각난 듯, 소쩍새가 초여름을 운다

## 소읍의 양장점

대출받은 책에서 낡은 편지 한 장이 툭 떨어졌다

카잔차키스의 『영혼으로 서리라』 초판은 1984년 2월
25일에 찍혔다
　편지는 그 후 썼을 것이고 차마 붙이지 못하고 책갈피에
끼웠을 것이다

　낡은 말은 감동도 전율도 아니어서 너를 지루하게
했을 거라고
　너는 차라리 거짓말을 하라고 말했지만 늘 입술을
떨었다고
　거짓말은 더 깊어졌고 나는 더 낡아갔다고
　너는 울먹이며 소읍에 양장점을 내는 소박한 꿈을 말했고
　진실을 말하지 못한 내 얼굴은 어둠 속에서 붉었다고

　남자는 쓰고 있다

　세상은 거짓으로 지어진 거대한 집이었다고
　거짓투성이의 거리들, 거짓투성이의 노래들이 넘치고
넘쳤다고

거짓된 세상을 껴안고 싶었다고
빨리 낡고 싶었고 빨리 끝내고 싶었다고

남자는 쓰고 있다

낡은 편지를 다시 책갈피에 끼웠다
더 낡아지면 혹 영혼으로 만날 수 있을지 모른다

말들은 어떻게 늙는가를 생각했다

여자는 서녘으로 기우는 붉은 해를 보고 있을 것이다

# 산사에서 흰 손가락을 보다

너, 요사채 창가에 놓인 정갈한 봄볕이다

길이 산사로 스미고 경사가 숨소리에 스민 후
얼마나 강물 소리 기다릴 수 있을까를 생각한다
적막과 바람과 빗소리를 데리고 와
창가에 서성이었을 강물이다

산사는 가파른 경사 위에 위태롭게 서 있다
저 위태로움이 사람을 돌려세우고
합장하는 손들을 허공에 놓아 세속의 장지였다

두 강은 흐름을 멈추고 묵언 중이다

묵언은 강의 뜨거운 속삭임이다

강물은 뜨겁게 불타고 맑은 재로 흐른다

강을 찻잔에 담기에는 이른 시간,
봄빛 조용히 따르는 흰 손가락이 눈부시다

너, 흰 손가락으로 산문을 가리키고는 사라졌다

# 광장은 비어 있다

　호반을 지나 광교산 등산로로 접어드는 어귀에서 유랑하는 사내, 페루아노 호세는 콘돌의 영혼을 푸른 바다로 날려 보낸다 영혼은 붉은 발자국을 남기고 날아간다 팬플루트의 아리한 음색을 타고 낯선 대지를 건너는 영혼, 사내의 눈빛이 물결을 세운다

　볼이 붉은 내국인 여자는, 눈을 지그시 감고 온몸을 흔들며 콘돌의 거대한 날개에 매달려 안데스산맥을 넘고 있는 사내를 포옹해 주고 있다 여자의 어깨가 차가운 박수 소리에 젖어 있다 노란 리본에는 흰 눈이 쌓이고 있다

　봄에서 봄까지는 멀다 사내에게 포구까지는 더 멀고 아득했을 것이다 사내는 철새의 자장에 생을 맡긴 지 오래인 듯 낡은 구두는 초연하다 언젠가는 광장에서 사내를 볼 수 있을지 모른다 노랑 부리 새들을 무수히 날려 보내며 가끔 어깨를 들썩일지

　새들이 날게 될 페루의 하늘은 붉거나 검을 테지만

　슬픔은 누구의 가슴에도 유적을 세우지 않는다

　광장은 비어 있다

# 자폐의 계절

갑상선의 엄마는 우울한 하늘을 부르죠 엄마의 검붉은 생각이 채혈병으로 흘러드는 동안 엄마는 비웃음을 물고 있죠 간호사는 진저리를 치며 채혈병에 엄마의 이름을 붙이고는 영혼 없이 내 머리를 쓰다듬죠

약국은 겨울이 늦게까지 머물다 가고 봄 또한 여름의 초입까지 머물 거예요 엄마는 카운터에게 처방전을 건네고는 무심하게 의자에 앉아 미세먼지를 기다리죠 엄마보다 더 무심하게 서 있는 나는 투명인간이에요

내가 기울어진 병원 간판을 보고 있는 사이 엄마의 몸이 바닥에 신문지처럼 구겨져 있었어요 쿵 소리를 들은 듯했지만 나는 물끄러미 엄마를 내려다보고 있었죠 카운터가 마주 보이는 병원으로 달려갔고 앰뷸런스가 왔어요 엄마는 의자에 무심히 앉아 허둥대는 앰뷸런스를 보고 있었어요

무심하던 엄마가 유리창을 그었어요 유리창에 핏물이 배었어요

약사는 처음부터 엄마를 보고 있었어요 그의 일그러

진 입술 사이로 씨발이라는 천박한 세상이 비어져 나왔
어요 엄마의 눈빛이 파랗게 떨렸고 검은색 브래지어가
부끄러웠어요

# 비공신화

카탈로그에는 그가 하늘을 날았다고 써 있다

하늘은 마음이었다 무한경계에 마음의 끝자락이 보이
지 않아 언제나 연옥이었다 마음은 법문보다 캔버스에 눕
기를 즐겨했다 캔버스에 숨어 있는 세속을 유화물감으로
달래는 일이 선禪이었으니

거친 마음은 나이프에 찢기고 여린 마음은 붓끝에 풀
려 화폭은 분방한 듯 음울하다 술잔 너머로 보면 그의 얼
굴이 캔버스다 한 생이 퇴색한 벽화로 시공을 나누고 있
다 숙연한 응시다 여인을 보내고 세상을 버리고 토굴을
짓고 들끓는 마음 바라보는 육십 년이었으니

우울한 날의 새 떼들, 어둠으로 드는 보랏빛 산줄기들,
수런거리는 검은 나무들, 질감으로 덧칠되는 빛과 어둠, 우
연이고 필연이며 죽음이고 환생인 저, 추상의 비명들이여!

비공신화飛空神話 속에 내 신전을 세우고 허문다

신화는 장수막걸리 여섯 통으로 휘청인다

목어는 끝내 울지 않는다 울 수 없다


* 비공飛호 장정동 선면전禪面展이 장은선 갤러리에서 2015. 2. 15-
3. 7 열렸다.

# 카페 JJ

카페 간판이 여러 번 바뀌는 동안 호수의 물빛 깊어지고 청둥오리 떼 돌아갔다

카페 JJ는 중년 부부의 노후였다 백일홍을 꽃 피우고 아주까리 붉은 줄기에 리본을 다는 일로 부부의 계절은 빠르게 흘렀다 장작 난로에 불을 지피고 에스프레소를 내리는 일은 중독처럼 황홀했다

하루 종일 사람을 기다리는 날은 호수의 물빛 검푸렀다 차양막이 바람에 찢기고 아주까리 검은 씨앗 흩어지고 나서 굴뚝 연기 사라졌다 카페 JJ가 되돌아나가는 것은 아닌지, 되돌아나가다 붉어지는 서녘 하늘 물끄러미 보는 것은 아닌지

노후는 낡은 육신을 붉은 흙 가까이 끌고 가려는 비밀한 저의다

내가 나를 되돌아나가는 날 많았고, 되돌아나가고 싶은 날은 더 많았다

폭설 가득한 사흥리의 적막한 하루는 기어이

79

# 밀어

　침엽수림이 끝나고 관목들 자취를 감춘다 백두고원, 야
생화들 천만 송이의 숨결로 국경을 부른다 천지의 물빛은
가슴으로 아득한 북녘이다 구름 그림자 야생화 군락지를
흐느끼듯 지나간다

　백두고원은 드넓은 웃음이고 드높은 통곡이다

　나를 떨게 한 것은 두만강이었다 미명에 숲을 걸어 나
온 달빛으로 깨어나는 강물이다 강 유역은 불온한 숲이었
고 범람하는 미혹이었다 달빛은 깊고 서늘했다 강물 뒤집
히며 거친 숨소리 하구로 달려가는 밤, 달빛은 강물에
오래 머물고 싶어 물결마다 감옥을 짓는다

　이 밤, 내 가슴은 굽이쳐 흐르는 천 길 낭떠러지다

# 지붕 위의 지붕들

창녀촌의 붉은 지붕들, 하체를
서로의 처마 밑으로 밀어 넣고 푸른 하늘을 덮는다

순결하다는 말은 지붕 위에서 모욕이다
예각의 지붕은 허리에서 둔부까지의 거리를 욕망한다

지붕들이 매독을 황홀하게 꽃피운다는 걸 알고도
사내들은 붉은 지붕을 꿈꾼다

살을 파고드는 살의 비명이 푸른 하늘이었다

푸른 하늘은 지붕의 긴 그림자를 용서하고 있었다

지붕 아래 사내들이 만드는 겹겹의 지붕을
작은 죽음으로 덮는다

지붕 위의 지붕들, 끝 모를 곳으로 흘러가는

저 욕정의 분화구들, 활화산들

# 해국海菊으로 가는 길

그녀의 목소리에는 소금기가 묻어 있다

포구와 바람과 햇살을 모두 드릴게요

내항에 매여 있는 배들이 파도에 몸을 맡기고 있다
출항은 멀어 선원들 발소리 들리지 않고 이물에 바람
걸려 펄럭인다
내항으로 보랏빛 해무 흘러넘친다

해국의 길을 다 보여줄 수 있어요

그녀는 웃음기 사라진 한낮으로 적산가옥을 건너고 있다
100년 흘렀으니 다다미도 현관 문틀도 유리창도 해풍이다
골목 끝에 기울기 시작한 일본인 부부의 낡은 집이 있다

구룡포의 상처다 적산가옥마다 저들의 체취가 아직
살아 있다
그녀가 되돌아나가는 좁은 골목이 조용히 허물어지는
모습을 보았다

해국의 길은 아직 멀리 있어요

벼랑, 다닥다닥 붙어 있는 집들 속에 무허가 여인숙이 있다
여인숙 벽에는 처음 고깃배를 타는 사내들의 두려움이
박혀 있다
사내들, 아득해지는 뱃길에서 멀미가 왔다
여자가 쓰러지고 나면 다홍색 이불에 새로운 뱃길
새겨졌다
사내들은 나른한 몸으로 고깃배에 올랐다

그 길이 해국으로 가는 길이어요

# 소리는 내 귀의 감옥이다

바람 소리를 들었다
남당포 파도 소리를 대숲에서 들었을지도 모른다
그 소리를 듣기 위해 자하동 계곡의 뿌리들은
지표로 뻗어 뒤엉킨 수백 년이었다

뿌리들은 세사를 듣고 싶어 귀를 열어두고 계곡 오르는
발소리들을 기록했다 소리가 세사였으니 금강소나무도
삼나무도 세사의 중심으로 뿌리를 내보냈던 터

세사 속에 유배가 있었다면 뿌리가 들었을 거고, 세사 속
에 몰락이 있었다면 뿌리가 들었을 거고, 세사 속에 모반이
있었다면 뿌리가 들었을 거다 뿌리들은 듣고도 못 들은 척,
온갖 소리로 거목을 키웠던 거다 바람에 거목이 흔들리는
것은 둥치 속에 켜켜이 쌓인 세사의 혼돈인 거다

*

내 귀가 뿌리여서 온갖 소리에 중독된 지 오래다

소리는 내 귀의 감옥이다

어떤 소리는 귀를 막고 싶고, 어떤 소리는 매달리고 싶고

능변에는 침 뱉고 싶고 눌변에는 머리 끄덕이고 싶은

# 불꽃

너는 고난에 찬 질주고 상승하는 분노다

너는 절망하는 눈빛이고 사라지는 맹세다

너는 어둠으로 돌아가는 회색 미소고 돌아오지 못할 길의 유황 바다다

너는 피를 돌게 하던 손의 소신이고 순간을 영원으로 더듬는 붉은 혀다

시경재 벽난로 속에서 잘 마른 참나무 장작 타고 있다

탁탁 소리가 『마음경經』*을 다 읽도록 들린다

절간 같은, 깨달음 같은


* 홍신선 시집

# 복병

패상초원으로 가는 길을 막아선 무뢰한들이다

사내들은 몇 번이나 머리를 가로저었다

고원은 멀고 험로는 다른 험로를 부른다

허둥대는 길은 낭패라는 말을 숨기고 있었다

여정의 끝은 시작 지점을 놓아주지 않는다

징그럽게 커다란 별들 차창으로 쏟아져 내리는 밤이었다

　상체의 근육을 드러낸 내몽골 사내들 눈빛은 좀체
적의를 풀지 않는다

　속수무책의 시간이 고원을 맴돌았다

운전기사는 돈을 주라는 눈짓이었지만 아니다 싶었다

밤을 밝혔다 사파리 포켓마다 별들 가득했다

사내들도 지치고 나도 지쳤다

# 무릎을 꿇고 앉아 있는 여인

드가의 '무릎을 꿇고 앉아 있는 여인'*은 목이 없다

여인은 오랫동안 무릎을 꿇고 앉아 목을 소망했을 것이고 그날도 비가 내렸을지 모른다 치맛자락의 섬세한 주름은 습한 마음의 우수다 생애를 생략할 수 없었던 드가는 여인의 목을 생략했을 것이고 여인은 목 없는 전경을 악마의 필법이라고 생각했을 것이다

일상의 입술과 눈과 귀와 표정을 생략했으므로 여인은 섬세한 치맛주름 속에 한탄을 숨겨 수직의 벽면을 살았을 것이고 떠나고 싶었을 여인은 뜨거운 숨소리를 새겨 수십 년이었을 것이다

목 없는 여인의 숨소리는 힘겹게 건너는 육신의 강이었다

무릎을 꿇고 앉아 있는 여인의 살아 있는 치맛주름이 마음의 협곡이었다

여왕 뒤에서는, 보이지 않는 바벨탑이 여인의 목이었으니

* 에드가 드가Edgar Degas(1834. 7. 19-1917. 9. 27)의 〈바빌론
을 건설하는 세미라미스〉 중 세미라미스 뒤에 무릎을 꿇고 앉
아 있는 여인을 위한 습작 데생이다.

# 사마르칸트의 동백

낯선 지명 사마르칸트는 새벽 차창에 흐릿하다
여자는 남해행 고속버스가 출발하자 사마르칸트를
멀미한다

동백을 보러 남해를 가려고요

여자의 메시지를 확인한 건 새벽이었다
남자는 허둥대며 사마르칸트를 향했다

10년 만의 동행이었으니 몽유라면 지독한 몽유였다

여자의 동화는 사마르칸트에서 끝을 맺었다 실크로드
위를 거침없이 달려가는 동화는 여자를 모래바람 위에 세웠
다 낯선 지명을 타투로 허리에 새긴 여자는 사마르칸트의
이주민이었다

몸 안으로 동백꽃숭어리 뚝뚝 떨어지는 계절을 보내며
여자는 남해의 창백한 여정을 이어나갔다

동백을 용서하지 않을 거예요

동백 피지 않은 남해 금산은 바위틈에 불륜 같은 봄빛을

# 4

## 천사와 그늘

# 응시

모국어로 된 사진첩*은 흑백이다

어둠은 숨결이었고 생의 무늬였다

국민배우 최따찌아나의 연민하는 눈을 보거나 작가 김
아나똘리의 강인한 턱을 보거나, 그것 너머에 오래도록 머
물렀다 따찌아나의 눈은 고국의 하늘이었고 아나똘리의
턱은 고국의 산맥이었다

낡은 라이카 카메라의 뷰파인더는 가슴이다 가슴으로
피사체를 잡고 피가 돌 때까지 본다

거미줄에 갇힌 수취인불명의 편지를 보고 있다 편지는
통증으로 채워진 눈빛이며 절연의 마지막 몸짓이다

재래식 화장실로 급히 드는 여자를 보고 있다 여자는
피를 쏟는다 광장시장의 고된 하루가 쏟아진다

툭, 해바라기 꽃이 목을 꺾는다 먼 고국은 고려인을
잊었다

가슴에 소리 없이 물기가 번진다



* 우즈베키스탄의 사진작가 안빅토르는 강제이주 2세대다.

# 늪

바람 소리가 깃들었다 바람 소리는
대지를 건너며 긁힌 등을 치유하고 싶었다
빗소리가 깃들었다 빗소리는
강으로 기우는 마음을 잠재우고 싶었다
철새들 날개깃 소리가 깃들었다 철새들은
날개의 무게를 버리고 싶었다
가시연꽃이 깃들기도 했다 가시연꽃은
초유를 흘려보내 위안의 노래를 남기고 싶었다

보이지 않는 눈동자에 침묵하는 산맥들이 깃들었다

보이지 않는 눈동자는 무수한 영혼들의 거처였다

산맥들이 치정 후에 남긴 보이지 않는 눈동자에는 바
람의 등이, 빗소리의 욕망이, 철새들의 날개가, 가시연꽃의
두려움이, 무수한 영혼들이 일렁인다

# 쑥부쟁이 평전

쑥부쟁이는 진종일 보랏빛 꽃잎을 흔들었다
계절이 소문 없이 바뀌고 산 그림자 오래된 길에 내려섰다
햇살이 창백해지면 꽃 그림자 깊어졌다

쑥부쟁이는 예기치 않은 곳으로 꽃씨를 날린다
정착은 한 계절의 고통으로 끝나지 않는다
꽃씨가 새 정착지를 찾아 날아가는 경로는
살 떨리는 비밀한 이주여서
바람은 쑥부쟁이의 불안한 이주를 위해
막막한 시간 위에 올라서는 것이다

끄질 오르다 외곽, 척박한 땅에 피어 있던 보랏빛 꽃 무더기

혹, 쑥부쟁이였던가?

## 천사와 그늘

침대는 체온으로 현을 만들었다 음원으로 드는 문은
언제나 열려 있었다
바람이 드나들었다 탄식이 바람을 타고 긴 골목을
빠져나갔다
그늘이 길어졌다

침대는 탄력을 잃어 갔다 흐느낌으로 시트를 더럽히는
날도 있었다

침대는 숨찬 말 뒤에 깨달음이 있다는 걸 알았다
깨달음은 언제나 한발 늦고 죽고 싶은 유혹이었다

중고 침대를 들였던 것이다

매트리스의 갈색 얼룩에서 이디오피아 예카체프나 케
냐AA나 콜롬비아 수프리모를 읽어내는 일은 침대를 아프
게 하고 떠난 사내들의 체액을 분별하는 일보다는 쉬울 것
이지만 여자는 떨리는 손 때문에 젊음을 쏟았을 것이다

침대는 몇 년째 낮은 현을 긋는다

그늘이 깊어진다

# 시詩의 아리바다

밤바다와 흐린 달빛과 조용한 어둠과 부드러운 바람은
모태다

저 끔찍한 시편들의 산란

수만 마리의 바다거북은
달빛 아래 죽은 듯이 엎디어 안간힘을 쓴다
몇 십 개의 알을 모래 속에 쏟고 나면 기진해서 한참을
쉰다
반달이 수평선 너머로 스러지기 전에 산란을 마치고
바다거북은 실신이듯 바다로 향한다

나는 저 끔찍한 산란을 본 후
반달 뜨는 밤에는 시를 쓰지 않는다
반달 뜨는 밤의 시편은 살아남지 못할 거 같은 두려움
때문이다

보름달 뜨는 밤이나 초승달 뜨는 밤을 몰래 건너고는

칠흑의 밤, 내 끔찍한 시를 산란한다

# 비탈

겨울 서귀포는 바람과 진눈깨비와 막막함이다

비탈길을 오르면 아이들의 천진스런 발자국이 나타난
다 발자국은 진눈깨비 속의 동화였다

그해 정월에 서귀포로 내려왔으니 극빈의 두려움이
그를 떨게 했다 아내 마사코는 입술이 말랐다

마당으로 서귀포항의 흔들리는 배들이 밀려왔다 배마
다 멀미하는 그림들이 실려 있었다 그의 흔들리는 눈빛은
허옇게 쓰러지는 파도 속에 있었다

초가집에는 깊은 우물이 숨어 있었다 우물 물소리를 들은
것은 첫 새벽이었다 달빛이 우물을 긷고 있었다 우물 속에서
달빛이 흔들렸다 섶섬이 흔들리고 선착장이 흔들렸다 흔들
리는 것들은 우물에 깃들었다 우물이 수십 폭의 그림이었다

불길한 새벽이었다

서귀포의 하루가 비루하게 시작되었다

# 밀교의 계곡

계곡은 밀교의 경전 첩첩이다 온 산이 비명이다 아름드리 적송들이 억 소리를 내며 쓰러지고 바람은 피 흐르는 하체를 수습해서 계곡을 떠난다 산 그림자는 물소리를 껴안고 헐떡이다 계곡으로 넘어 박힌다

계곡은 피멍으로 화엄이다

화강암 기둥에 밀교의 경전이 양각되어 있는 횡성 자연휴양림, 쉬바와 샥티는 서로를 뚫고 들어가 열락의 애액을 계곡에 풀어놓는다

몸마다 불 밝힌 수림은 처절하게

# 필사의 도마뱀은 없다

하산 길, 붉은 해를 올려다본다

심장을 움켜쥔 오른손이다

내 그림자를 내가 밟는다

자해는 생의 거친 방향이다

밟혀 있던 말들이 가슴의 틈을 비집고 쏟아진다

말들의 핏덩이가 산이고 산맥이다

말들이 심장으로부터 멀어진다

굴참나무숲이 산허리를 내려선다

필사가 아니라면 누가 숲에서 말을 버린다는 말인가

도마뱀은 꼬리를 자르지 않았고 낙엽은 긴 상념에 들었다

# 오류

시를 버리고 사진에 빠진 그에게서 '만 레이'를 받았다

빛과 색의 독선을 반성하는 것은 오류다

벗은 여인을 '앵그르의 바이올린'으로 만들었지만 벗은 여인은 오류다

렌즈의 각도를 유혹하는 여자들은 은밀하게 은폐된 오류다

여자를 굴절하는 신전 아래 뉘인 사내들은 개진하는 오류다

유리 눈물로 슬픔을 불러오는 것은 오류다

누가 오류의 심연을 내려가 보았을까

심연은 비애의 또 다른 오류다

사의는 지평선을 끌고 가는 하현의 떨리는 음색 아닐까

그의 시를 사진첩 살피로 유기한다 파기한다

# 밤은 사람이 무겁다

바람이 대지를 돌아나가며 검은 물감을 풀어놓는다

멀리 갔던 영혼이 돌아오는 소리 들린다

유리창에 영혼의 흰 옷자락 어른거린다

바흐를 내려도 영혼은 가벼워지지 않는다

둔중하게 왔다 둔중하게 떠나는 시간이 유리창으로
보인다

시간은 어둔 대지를 느리게 건너고 있다

둔중한 시간이 떠나고 나면 누가 창에 머무는지

# 주검을 유적이라고 쓰는 숲

해변 유적 발굴 현장, 육탈을 건디고 산화를 거쳐

연인들은 흰 뼈로 살아나 서로에게 숨을 불어넣는다
수천 년, 체온을 나누며 서로를 부르는 안타까운 영혼들,
체위를 풀지 않은 채 햇빛을 거부하며 영원을 기원하는
몸짓이다

남자는 여자를 뒤에서 껴안고 붉은 흙구덩이에 누웠다
흙더미가 밀려오는 순간, 생매장은 다른 별로 옮겨가는 축
제라고 속삭였다 여자는 남자의 손을 놓지 않았다

숲의 흐느낌이 잦아들고 남자는 깊어지는 어둠을 보았
다 체온이 식어가는 짧은 시간, 남자는 신분을 벗어나는
전율을 보았다

발소리들이 사라지고 고요는 해안의 숲을 수평선으로
밀고 갔다 해풍은 그들의 오랜 잠을 스쳐 지나갔다

주검을 유적이라고 쓰는 숲

## 폭설과 고요

언 손은 누군가를 간절히 부르고 있었다
눈 속에 병사의 푸른 입술이 보였다
폭설이 쓰러진 병사의 몸을 덮기 시작했을 때
병사는 아직 체온을 버리지 않고 있었다
폭설이 전사자들의 철모를 덮고 발목을 덮을 때
병사는 폭설이 시작되는 아득한 하늘을 보고 있었다
폭설 속에서 어머니의 미소를 본 후
그렁그렁한 여자의 눈망울을 찾았다
여자를 행해 혼신으로 절명의 메시지를 보내던 손이었다

피아를 구별할 수 없었던 전투 끝나고 폭설은 시작되었다

맥스 데스포*는 눈 속에 묻혀 두 손을 내놓고 있는
한 장의 사진을 서울에 걸었다


\* 퓰리처상 수상 작가, 한국전쟁 종군기자였으며 6. 25 사진전을
2014. 6. 14-9. 14 예술의 전당 한가람 미술관에서 열었는데 〈눈
무덤 밖으로 나온 손끝〉은 1951년 1월 2일 경기도 양지에서 찍은
것이다.

# 채색 깃의 새 한 마리


매조도 앞에 선다

매화나무 가지가 파르르 떨리는 걸 보면 새는 영롱한
하늘을 날아와 막 매향 위에 앉은 듯하다
지천명의 시 한 편 서녘 별빛처럼 아릿하게 가슴으로
밀려오는데 애비의 멈출 수 없는 번민과 희열이 보인다
'한 마리만 응당 남아 하늘가를 떠돌리'라고 읊은 마지
막 행에 이르러 몸이 저려온다
고운 여인의 기쁜 손길이 죽은 매화나무를 꽃 피우고
가파른 산 중턱 누옥의 동암에서 산맥 일으켜 세웠다
홍임弘任\*, 한 마리 아름답고 서러운 새, 하늘가를 떠돌
어린 영혼이어서 목메이는 이름이었다
북한강 물빛 어룽거리는 여유당 별채는 험난한 운명,
에미는 강가에 무릎 꿇고 울어 강물 불렀다
그때 강물 속 빠르게 흐르는 달을 가리켜 배시시 웃던
홍임은 에미의 정갈한 옷매무새였다
강진으로 떠나는 홍임 모녀를 여유당 사랑채에서 몰래
내다보던 애비는 거문고를 뉘어 산조를 뜯었다

나산 닐틴 찻잎을 따 뒤고 포장하고 인편에 너유당으로

보내며 홍임 모녀는 북쪽 하늘에 절하기를 매년이었다
    햇차를 받아든 애비**의 애끊는 심사를 알아 북한강은
밤새 물소리 내지 않고 흘러 서해에 이르렀다



    * 강진에서 맞은 소실과의 사이에서 얻은 다산의 어린 딸
    ** 매년 다산초당의 홍임 모녀에게서 올라오는 햇차를 받고 남긴
        다산의 시편
        雁斷魚沈千里外 기러기 끊기고 잉어 잠긴 천 리 밖에
        每年消息一封茶 매년 오는 소식 한 봉지 차로구나



106

# 봄은 청옥 빛이다

나는 봄을 보러 삼길포구까지다

뉴스 속보는 순간 정지화면이다

여자는 포토라인에 불편하게 서서 송구스럽다고 말하
고는 차가운 대리석 계단을 밟았다

내항에 떠 있는 고깃배는 출항을 미루고 질문 앞에 서
있을 여자의 뒷모습을 물결 위에 그린다

물결 위에서는 시간도 일렁이며 제 모습을 잃는 거다,
쓰발

늙은 선장은 한 마디 던지고 조타실로 들어간다
선장의 말뜻을 알아듣지 못하는 이주 선원은 씨익
웃는다

물속 조화를 무슨 수로 안다는 말인가, 쓰발

늙은 선장은 섬과 섬 사이의 물길이 오늘따라 조심스러워

레이더 화면을 응시한다

무슨 수로 가뭇없는 물길 거역한다는 건지, 쓰발

늙은 선장의 가슴은 검푸른데, 봄은 청옥 빛이다

# 군산

아프면 아프다고, 힘들면 힘들다고, 서러우면 서럽다고, 기막히면 기막히다고 말하지 않고 님 보낸 군산아!

그들의 세관이 살아나고, 그들의 호텔이 살아나고, 그들의 은행이 살아나고, 그들의 약국이 살아나는 탁류의 거리 군산아!

이 길이 백년 본정통이라며 하나도 변한 게 없다고, 가라앉은 도시의 회색 바람을 흔드는 초로의 시인 군산아!

그렇게라도 해야 조선소 죽으며 부두로 내몰린 작업화들 분노를 삭일 수 있다고 희미하게 웃는 홍어집 늙은 주모 군산아!

근대사는 부끄럽고 부끄러워 숨어서도 말하기 싫은 치욕인데 꽃계절 벌건 대낮에 벌거벗은 연인 군산아!

중앙로 카페 수목원의 일본식 천정 너머 아스라히 독도를 떠올리는 오후 4시, 잘 웃지 않는 머리 긴 마담 군산아!

누군가 꽃비 속에 오지 않을 님 기다리고 있을 것 같은
군산에 다시 올 수 있을까

강형철 시인이 사파리 주머니에 넣어준 갈치속젓은
곰삭은 군산을 몸속으로 밀어넣는다

피반령

산맥, 잠든 곳에서 일어서는 바람이다
외치지 못하는 연두 잎들이다

피반령 계곡의 보도연맹 학살
미친

그때도 진달래는 준령에 낭자했겠다

분노도 살기도 원망도 고요해진
지금은 오월, 어둔 찬란으로

회인이 저 아래다

고갯마루에 구름 걸려 죽음이다
싶은 날,
별 뜻 없이 사람은 사람을 버렸다

산맥처럼
푸른

목숨들이 목숨들을 부르던 날들의 기억은 무겁다

골짜기마다 살아 있는 젊은 순간들
안타까운 목소리들

# 그늘에도 피가 있다는 말

송 재 학 (시인)

# 그늘에도 피가 있다는 말

## 1. 뼈에 대하여

뼈에 대한 설득과 응시가 여기 있다. "질문은 뼈들을 움직이게 하는 힘이다"(「질문」)라는 의지 앞에 잠시 침묵한다. 시 「질문」은 화가 전준호의 그림에서 찾아낸 기시감의 이미지들이 뼈의 의미소로 혹의 정념으로 삐걱거리고 돌출하는 전경이 보이고 만져지고 느껴진다. 그 뼈들은 지금 골화의 잠재태처럼 문득 정지되어 있다. 뼈가 멈추었다는 느낌 속에서도 뼈들의 안팎에서 중요한 일은 계속 진행되고 있다는 감정(표면과 내부 사이의 이러한 방법론은 시적 전략마저 초월하는 것처럼 보이지만)은 도드라진다. "뼈마디 하나에 수백 번의 칼날이 드나들었"던 목조 해골은 외관 그대로 생활을 지우고 생활의 추상을 드러낸 형상이다. '굴신의 생'이라 했지만 차라리 수백 번 질문의 표정이다. '흰 뼈'의 내부라는 흰색의 이유이기도 하다. 점점 무거워지는 질문은 생의 배후이면서, 생 또한 질문의 배후라는 관계. 생과 질문은 서로 경쟁하기에, 이 조각 미술은 생의 여기저기를 고스란히 지지하고 있다.

절하는 목조 해골을 보는 순간

눈물이 핑 돌았다


내 굴신의 생이 아팠다


희고 환한 뼈들이 물속 같은 세상을 건너온다

살아 있는 뼈들은 근육의 힘을 버린 후에나 지하궁전을 찾을 수 있다

흰 뼈들은 질문으로 환생을 꿈꾼다

–「질문」일부


뼈들이 질문을 통해 생의 시공간을 다채롭게 간직한다는 측면에서, 자신에서 시작하여 타자를 거치면서, 결국 다시 자신으로 되돌아오는 회귀라는 서정시의 보편적 양식을 뼈들은 실천하고 있다. 이 지점에서 왜 뼈인가, 하는 텍스트에 대한 의심 또한 필요하다. 뼈의 '희고 환한' 모습은 바로 괴로움의 동작 중심(행위의 중심에 뼈가 있다는)에서 뻗어나오기 때문, 단정적으로 '희고 환한' 정경은 바로 정화와 신성을 가진다. 그때 뼈의 희고 환한 모습은 괴로움이면서 동시에 고양의 감정이라는 이율배반의 희열을 가진다. 부활과 결합한 신성한 존재로서 뼈의 가치가 드러나는 순간이다.

다시, '흰 뼈'라는 이 명백한 필기구를 주목해보자. 시집 속에서 흰 뼈는 자신을 증언하는 생의 필기구이면서, 기록

115

(최초로 뼈의 균열을 이용한 복골도 있거니와, 갑골 문자도 뼈의 기록이다)하는 자의 역할까지 떠맡았다. '나'라는 울림으로 가득 찬, 시편 「몽환의 파버카스텔」속에서, 몸에서 건져 올린 흰 뼈에 천착하는 시인의 생은 미시적(재생산과 다른 의미로)으로 확장된다. 이 뼈는 고흐의 파버카스텔과 다르지 않다. 고흐가 사용하던 이 스케치용 연필은 자신의 몸에서 뜯어낸 뼈로 재구성한 발명이다.

그의 낡은 구두를 네가 기억한다면 그는 어떤 어둠으로 너를 데리고 갔을까

네가 지나간 자리마다 실핏줄처럼 살아나는 고뇌의 흔적이 대지거나 바람이거나 늪지인 것을 알았다면 그는 어느 가슴에 낡은 구두를 걸어두고 싶었을까 그의 퀭한 눈빛과 솟아오른 광대뼈와 날카로운 턱선을 더듬어 나가다 잠시 멈추고 생각 깊던 네가, 흔들리는 불빛 너머 먼 산맥을 짚다 툭 부러지는 죽음을 알았다면, 너는 그의 영혼을 울어준 파버카스텔이겠다

몽환의 파버카스텔, 미지의 심연이여

내 파버카스텔은 나의 흰 뼈다 흰 뼈가 내 낡아가는 시간을 읽고 구릉의 침묵을 읽고 여름 햇살 쟁쟁한 묘역을 읽었다 묘역에 남아있는 노래는 슬프지 않았다 흰 뼈는 호수의 물결이 바람을 닮아가는 걸 보았다 흰

뼈는 산맥을 태운 오래된 재였거나 무수한 등줄기를 몸속에 세워준 젊은
날의 고뇌다

－「몽환의 파버카스텔」 전문

　시의 전반부이자 외부는 고흐를 고뇌로 이끌어준 현실
의 생(구두에서 파버카스텔까지)이 고흐 자신의 회화와 일치한다
는 인식에서, 마찬가지로 자신의 생과 문학을 합일하려는
시인의 의지에서 출발하고 있다. 평생 자신을 벼리며 자신
의 영혼을 절차탁마하는 사람의 좌표가 닮아가는 소이연
이기도 하다. 시의 후반부이자 시의 내면은 '흰 뼈'라는 질
서를 감싸고 있다. 고흐의 해바라기 이미지처럼 흰 뼈는
고통에서 돌올하여 고통을 환기하면서 신성을 통과하려
는 상징계이다. 따라서 「몽환의 파버카스텔」이라는 시는
화가와 시인에게 세계와 고뇌들은 어떻게 각인되었냐는
점을 발화시킨다. 화가가 방황했던 대지·바람·늪지는 시
인에게 와서 시간·구릉·묘역으로 대치된다. 그 차이는 화
가와 시인이 머물렀던 실재계의 차이에 다름 아니다. 풍경
과 사물이 화가에게 말을 건넬 때 "네가 지나간 자리마다
실핏줄처럼 살아나는 고뇌"이면서 "흔들리는 불빛 너머 먼
산맥을 짚다 툭 부러지는 죽음을 알았다"는 괴로움이라면,
시인에게 다가온 귓속말로는 "흰 뼈는 산맥을 태운 오래된
재였거나 무수한 등줄기를 몸속에 세워준 젊은 날의 고뇌"
로 대칭된다. 시는 고흐와 자신을 빙퇼시키면서 일생을 가

열시키는 생에 대해 진술하고 있다. 따라서 몽환의 파버카 스텔, 미지의 '심연'은 외관상 단순한 생에서 자신을 바라 보고 생을 삼켜야 하는 예술가의 정화일 수밖에 없다.

예컨대 목이 없는 그림이 여기 있다. 처절한 화면일까 아니면 표백된 신성일까. 흰 뼈가 생의 기로의 항적이라 면, 목이 없는 그림은 생의 클라이맥스에서 영혼의 단면을 잘라낸 정지화면이다. 「무릎을 꿇고 앉아 있는 여인」은 드 가의 동명 그림을 소재로 했다.

드가의 '무릎을 꿇고 앉아 있는 여인'은 목이 없다

여인은 오랫동안 무릎을 꿇고 앉아 목을 소망했을 것이고 그날도 비 가 내렸을지 모른다 치맛자락의 섬세한 주름은 습한 마음의 우수다 생애 를 생략할 수 없었던 드가는 여인의 목을 생략했을 것이고 여인은 목 없 는 전경을 악마의 필법이라고 생각했을 것이다

일상의 입술과 눈과 귀와 표정을 생략했으므로 여인은 섬세한 치맛 주름 속에 한탄을 숨겨 수직의 벽면을 살았을 것이고 떠나고 싶었을 여 인은 뜨거운 숨소리를 새겨 수십 년이었을 것이다

목 없는 여인의 숨소리는 힘겹게 건너는 육신의 강이었다

무릎을 꿇고 앉아 있는 여인의 살아 있는 치맛주름이 마음의
협곡이었다

여왕 뒤에서는, 보이지 않는 바벨탑이 여인의 목이었으니
－「무릎을 꿇고 앉아 있는 여인」 전문

드가의 그림은 습작 대상이지만 완성된 작품보다 더 발
칙하고 맹렬하다. 그림 속 "여인은 오랫동안 무릎을 꿇고
앉아 목을 소망했"다는 진술은 회한과 동경의 언술이다.
"일상의 입술과 눈과 귀와 표정을 생략"하고 봉합된 이유
는 차라리 끔찍하지 않은가. 시는 그 이유에 대한 아름다
운 변명이다. "생애를 생략할 수 없었던 드가는 여인의 목
을 생략"했다고 시인은 고백한다. 문맥을 따라간다면 생애
를 표현하고 목을 생략한 것이다. 목을 생략한 것이 더 의
미가 있다고 지레 이해한다면 "여인은 목 없는 전경을 악
마의 필법이라고 생각했을 것이다"에 이르러 오래 생각해
야 할 것이다. 목이 없다면 그림은 '악마의 필법처럼' 더 치
열하다는 생각! 왜 목이 없어야 할까. "일상의 입술과 눈
과 귀와 표정"의 생략이야말로 더 절실하지 않은가. 아니
면 입술과 눈과 귀와 표정을 상상한다는 것이야말로 가장
놀라움이라는 생각에 도달한다면 이 부분에 공감할 수 있
다. "목 없는 여인의 숨소리는 힘겹게 건너는 육신의 강이
었다"라는 구절을 본다면 그것은 정신뿐만 아니라 육체까

지 수긍해야 하는 목의 결핍의 상상력이다. 마지막 부분, 목 없는 여인의 목 위에 '바벨탑'이 올려져서 목을 대신하고 있다는 강렬함은 냉소적이긴 하지만 득의의 풍경이다.

## 2. 감각에 대하여

모리스 메를르퐁티가 '살La Chair 존재론'에서 말한 것은 몸/지각/운동을 동일 감각계로 관찰하면서, 몸/지각/운동의 상호 관계를 통한 사물에의 경험이자 시인이라면 마땅히 흥미를 가질만한 감각에 대한 생각들이다. 즉 메를르퐁티가 말하는 살은 존재의 확인을 감각으로 파악하는 과정이다. 존재하는 일체의 것들이 감각 덩어리라는 매혹적인 시선은 사물/사람/풍경의 본질에 대한 경험로이기도 하다. 메를르퐁티가 주목한 은둔자 세잔느의 그림들은 그러한 의미에서 존재론자와 감각주의자의 교과서이다. 그가 사물의 존재를 감각적인 것들 내부에서의 얽힘과 교차라는 운동으로 파악하였을 때 세잔느의 '풍경/세계가 나를 간섭한다'는 의지와 연결된다.

추상화가 마크 로스코의 작업을 소재로 한 「붉은, 검은 그리고 붉은」 시편에 이러한 살 존재론이라는 감각에의 환대가 있다. 다만 시인의 환대가 부재와 거절을 포함하고 있다는 사실을 간과해서는 안 된다.

붉었던 시간이 있다 그때마다 종이학을 접었다 종이학은 밤마다 날아올라 하늘을 덮었다 붉은 웃음소리가 들렸다 나는 붉은 그림자였다 그림자를 벗고 밖으로 나갔다 그림자는 검게 변했다 내가 떠나자 더 검어졌다

몽유거나 발광이었다 거대한 묘비들은 침묵의 도시를 만들고 유령들은 밤을 기다린다 밤은 낮은 북소리처럼 죽은 자들의 비어 있는 뼈를 울며 온다 어둠보다 낮은 노래가 도시의 문을 두드린다 지하철이 어둠 속에서 어둠 속으로 질주한다 도시는 새벽과 밤이, 남자와 여자가, 시작과 끝이 뫼비우스의 띠로 이어져 있다 나는 뫼비우스의 띠 위에 있다

흙이고 물이다, 붉거나 검거나

고뇌의 마지막은 붉은 혼돈이다 붉은 지평선의 성근 페인팅에 마음을 던진다 붉은 하늘과 붉은 대지를 구분 짓는 흰 여백은 영혼의 계단이다 생성이며 소멸이고 생명이며 죽음인 마지막 붉은 화폭, 누구도 쉬이 떠나지 못한다 나는 가슴을 뜯다 돌아서고 다시 가슴을 뜯는다 붉은 하늘에, 붉은 대지에 검은 피가 번진다

        -「붉은, 검은 그리고 붉은」 전문

붉었던 시간에 접는 종이학은 따라서 붉음에서 탄생했

거나 붉음을 박차려는 붉음의 진화이다. 이 진화의 궁금증
은 결국 순환의 섭리를 따라 화자인 '나'는 붉은 그림자이
고 만다. 내가 없는 그림자를 보라. 결국 그림자는 검은색,
붉은색의 맞은편이다. 그때 검은색은 붉은색을 탈피하려
는 몸짓 이상이다. 그리고 생활에서 붉음과 검음의 접촉,
이별, 괴로움의 독해를 만나게 된다. 그것은 자신의 생을
스스로 잘라서 만나는 자신의 단면이다. 자신을 포함해서
세계는 "흙이고 물이다, 붉거나 검거나.", 흙의 시간은 혼
돈이지만 흰 여백을 포함한 세계이다. 따라서 종이학으로
드러나는 영혼을 포함해서 세계는 어쩔 수 없이 붉은 대지
에 검은 피가 번질 수밖에 없다. 그게 생명을 지닌 것들의
운명이다. 그러기에 시의 각주에 의하면 화가 마크 로스코
는 마지막 레드 작품 〈피로 그린 그림〉 완성 후에 손목을
그어 자살했다. 마크 로스코의 자살은 시인이 언급한 니코
스 카찬차키스의 묘비명과 마찬가지로 "나는 아무것도 원
하지 않는다. 나는 아무것도 두렵지 않다. 나는 자유다"처
럼 자신이 선택한 작품과 세계의 일치이자 완성이다. 이
시의 이해를 위해서 러시아 사람 마크 로스코의 작품을 살
펴볼 필요가 있다. 그가 추구한 추상주의는 '혼돈' 같은 흐
릿한 사각형의 구도와 단순한 색상의 조합이었다. 거대한
화폭 위의 사각형은 불안과 우울의 표징이다. 그 사각형을
붉은 하늘과 붉은 대지에 검은 피가 흐르는 모습으로 파악
한 시인의 시선이 있다. 따라서 붉음과 검음은 생이라는

사각형에 가득 채운 생의 갈등이다. 그 기호들은 다음 시 「모노크롬의 언어들」에서도 동일 세계관을 공유한다.

캔버스를 단색의 네모들로 채운다

사방으로 닫히고 열리는 네모는 세상의 환유다
네모 안에 네모를, 네모 밖에 네모를 세워
무한 지평을 열어간다

세상은 온갖 색들로 연옥이었고 출구는 없었다

색을 찾아 헤매는 동안 화폭 가득하던 말들은 죽어갔다
캔버스는 공허해지고 세상은 어둡고 차가웠다

산다는 게 얼마나 단순한 건지 깨닫지 못했던 날들은 시간 속으로
스며들었다

캔버스를 고령토로 채우게 된 것은 우연이다

우연은 고통스런 사유의 인대였다

고령토를 말려 균열을 만들고 균열 위에 물감을 바르고 바른 다음
떼어내고 하는 지루한 반복은 생의 위험한 실현이다

그렇게 실현된 생은, 모노크롬의 언어를 얻고 버려진다

─「모노크롬의 언어들」 전문

　세잔느가 바라본 사물들이 모두 기호화되고 도형화되면서 피카소 입체화의 기초를 열어준 것처럼 화가 정상화의 작업은 세계를 단색의 네모로 압축시킨다. "네모 안에 네모를, 네모 밖에 네모를" 세우는 무한 지평의 방식은 무늬의 상상력이다. 언젠가 무늬의 성찰에 대해 쓴 적이 있다. "거치 무늬, 격자 무늬, 결뉴 무늬, 궐수 무늬, 귀면 무늬, 기봉 무늬, 길상 무늬, 능삼 무늬, 무늬의 이름을 발음해보자. 무늬를 처음 고안해 낸 사람은 무슨 생각을 했을까. 그는 무늬가 슬픔이거나 기쁨인 것을 어떻게 짐작했을까. 무늬라는 리듬 혹은 슬픔이라는 리듬이 몸과 같이 반응한다는 것을 느끼고, 구겨진 슬픔을 천천히 펴서 알기 쉽게 고스란히 펴서 늘어놓은 걸까. 그게 처음 슬픔이었을지라도 무늬라는 애도를 통해서 천천히 그를 위로했으리"라는 것은 무늬를 처음 시도한 사람에 대한 공감각이다. 모노크롬의 무늬들은 결국 "고령토를 말리고 균열을 만들고 균열 위에 물감을 바르고 / 바른 다음 떼어내고 하는 지루한 반복은 생의 위험한 실현이다"라는 선언을 얻는다. '지루한 반복'이란 구절에 주목할 필요가 있다.

　누군가에게는 단색의 네모라 불리는 세상은 지루한 반

복이겠지만 누군가에게는 "생성이며 소멸이고 생명이며 죽음"의 세상이다.

따라서 "카탈로그에는 그가 하늘을 날았다고 써 있다 (『비공신화』)"라는 진술에는 나에게 가장 충일한 것이 무엇인가라는 회의를 통해 시인은 생과 표현에 주목한다. 그리하여 "우울한 날의 새 떼들, 어둠으로 드는 보랏빛 산줄기들, 수런거리는 검은 나무들, 질감으로 덧칠되는 빛과 어둠, 우연이고 필연이며 죽음이고 환생인 저, 추상의 비명들"이 형성하는 빼어나게 아름다운 문장 단위가 비공의 갈무리 풍경이다. 비공은 높은 곳에서 자신을 바라보는 시각, 그것은 자신의 과거부터 현재까지, 미래를 포함해서 성찰될 수밖에 없다.

'끝내 눈 뜨지 않는', '목어'에서 눈 뜨고 잠드는 물고기를 떠올리는 것은 그가 늘 현재를 이끌고 간다는 점에서 소중한 역설이다.

아침에 일어나서 식사를 하고 산책하거나 저녁에 먼 곳을 바라보는 생의 표면은 언제나 그렇듯이 '지루한 반복'이라는 연속무늬를 포함하지만.

## 3. 맹렬함에 대하여

"나는 더러운 그늘이었고 더러운 과거였고 더러운 죽음"(『의자의 명상』)임을 자책하는 독백과 시집 원고가 동시에 도착했다. 시인의 서지 목록에는 11권의 시집과 3권의 장시집 그리고 산문집과 평론집도 있다. 게다가 두 권의 동화집이라니! 숨 가쁜 생이라는 생각이 먼저이다. "카스피해의 시추 현장은 그녀들을 설레게 하는 미지의 언어"(『인턴사원』)인 것처럼 시인의 언어는 성실하면서 가파르고 진행형이라는 아포리즘으로 가득 차 있다. 사물의 윤곽에서 내면과 비애를 호출하고, 그 통로에 자신의 시적 행로를 동행하는 심미안에 김윤배의 특이점이 있다고 믿는다.

시가 무엇인가에 대해 시인의 시론은 한껏 개방적이다. "시는 독자를 끌어당기는 마법적 기능이 있다. 시에는 어떤 마법성이 있어 독자를 중독에 이르게 할까. 시에는 즐거움, 즉 쾌락의 마법성이 있고 세상의 사물들을 새롭게 인식하는 인식의 마법성이 있으며 독자를 구원에 이르게 하는 구원의 마법성이 있다."(김윤배, 「시의 마법성 혹은, 마법성의 시」 『언약, 아름다웠다』 현대시학사, 2021)

그녀들의 루즈는
소음기가 장착된 피스톨이다

김윤배 시집

발행일
2022년 8월 8일   초판 1쇄

지은이          ● 김윤배
펴낸이          ● 김종해
펴낸곳          ● 문학세계사
출판등록        ● 1979. 5. 16. 제21-108호

주소            ● 서울시 마포구 신수로 59-1(04087)
대표전화        ● 02-702-1800
팩스            ● 02-702-0084
이메일          ● mail@msp21.co.kr
홈페이지        ● www.msp21.co.kr

값 10,000원
ISBN 978-89-7075-334-8   03810

* 이 책은 경기도, 경기문화재단의 지원을 받아 발간되었습니다.